Testo tratto da: *Filastrocche in cielo e in terra* di Gianni Rodari
© 1980 Maria Ferretti Rodari e Paola Rodari per il testo
© 2012 Edizioni EL, San Dorligo della Valle (Trieste)
ISBN 978-88-6079-890-9

www.edizioniel.com

Finito di stampare nel mese di febbraio 2012
per conto delle Edizioni EL
presso Gruppo Editoriale Zanardi S.r.l., Maniago (Pn)

Gianni Rodari Anna Laura Cantone

L'OMINO DEI SOGNI

EMME EDIZIONI

L'omino dei sogni

che baffo tipetto!

Mentre tu dormi senza sospetto ti si mette accanto al letto e ti sussurra una parola: «Vola!» È tu non domandi nemmeno «con che?»

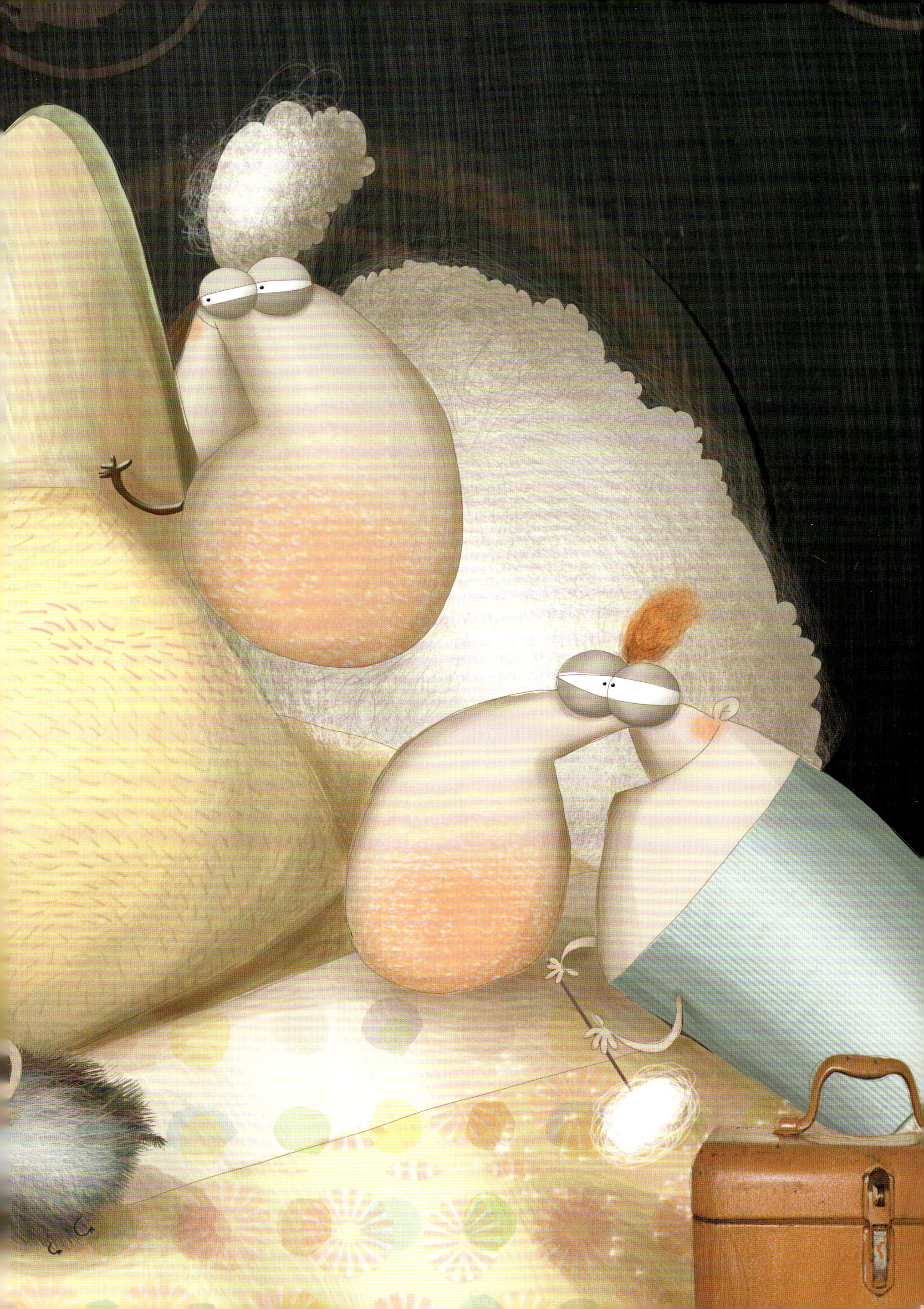

1 uno

2 due

3 tre

Uno due tre:
sei nell'arcobaleno,
aggrappato ad un
ombrello, e scivoli
bel bello

dal verde al
rosso al giallo,
e a cavallo del
BLU scendi

giú, giú, giú

Ecco il mare: finirai con l'affogare!

Ma l'omino è lì apposta, all'orecchio ti si accosta, e ti sussurra:

« Presto !

Ecco i Banditi! Scappa lesto lesto!"

O cielo,
i banditi,
di nero vestiti,
con la maschera
sul viso e un
satanico sorriso
tra quei
baffoni...

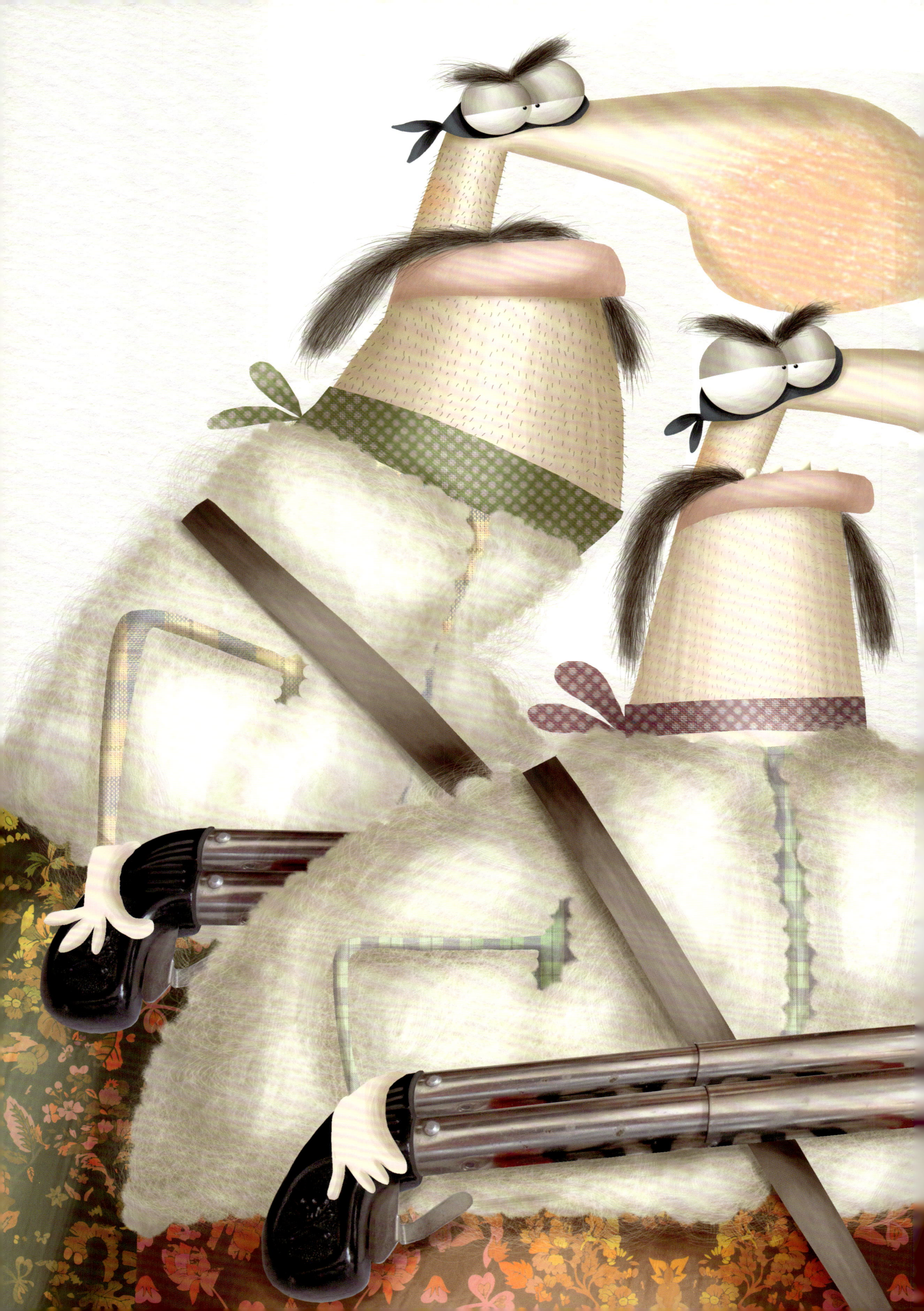

ti puntano

i tromboni

e pum!
fanno

pum!

pum!

pum!

Tu scappi, sei ferito al naso oppure al dito, e già ti manca il cuore, sei preso, che orrore!

Macché! Non succederà nulla perché l'omino dei sogni ti salva con una parola.

Ecco, ti trovi a scuola e non sai la lezione.

Una nuova emozione! Eppure l'hai studiata alla perfezione!

Possibile che già l'abbia

Scordata?

È colpa
dell'ometto
bistrarro e
malignetto

che mentre
dormi ci
arrampica
sul tuo letto

e si

diverte a farti

sognare, volare, scappare,

disperare...

fin che la mamma viene a scrollarti per bene, a svegliarti ché è tardi...

E tu ti svegli, guardi dappertutto, però l'omino dei sogni non lo vedi: forse di giorno sta sotto il comò!